별의 숨결을 모아

저 춤추는 나무들처럼

진흙땅에 발을 묻고
물속에 종아리가 잠겨도
마주 보고 몸 흔들며
춤추는 저 나무들처럼
주어진 운명에 휘둘리지 않고
평생을 오늘처럼
오늘을 평생처럼 즐기며
우리도 삶의 춤을 추겠습니다
따가운 햇살에 잎이 마르고
세찬 소나기에 온몸이 젖어도
주저앉거나 슬퍼하지 않고
춤추는 저 나무들처럼
키는 달라도 어울리는 몸짓으로
꿈은 달라도 같은 숨결로
삶의 노을이 곱게 질 때까지
우리도 사랑의 춤을 추겠습니다
춤출 수 있는 한, 우리는 언제나
꿈꾸는 하얀 머리 소년소녀입니다

-소민과 라휘의 시와 사진이 있는 풍경 3-

Contents

Contents

Part 1

엉겅퀴와
나비

여름날 뜨거운 햇살 튕겨

날카롭게 펼친 붉은 슬픔

팔랑팔랑 노랑나비

여리디여린 그 작은 위로

— 「엉겅퀴와 나비」 전문

봄동

겨울 해가 감추어 둔
다스한 빛 한 조각
꽃보다 더 고운
봄동으로 돋아났다
상큼한 겉절이에
구수한 된장국
삼겹살 구이 쌈 채소로
환하게 피어난 밥상
버무린 봄의 향기에
얼어붙은 겨울이 녹는다

터져 나오겠다

양지바른 길목
매화나무 한 그루
단단하게 매듭진 가지마다
매화가 벙그러졌다
오후의 햇살 머금어
하얗게 빛나는 꽃송이
싸늘한 바람이 풀어져
몽글몽글 꽃그림자로 맺히니
곧 아이의 웃음 같은 봄 향기가
까르륵 터져 나오겠다

눈치만 살살

생크림처럼 달콤한 햇살
감질나게 기웃기웃
포근하게 부푼 봄이
나와 보렴, 도닥도닥
바알간 입술 뾰족 내밀던
동백꽃눈 아기씨들
꽃샘바람의 시린 날갯짓에
깜짝 놀라 얼음!
언제 땡 하는 거야?
조막손 쥐고 눈치만 살살

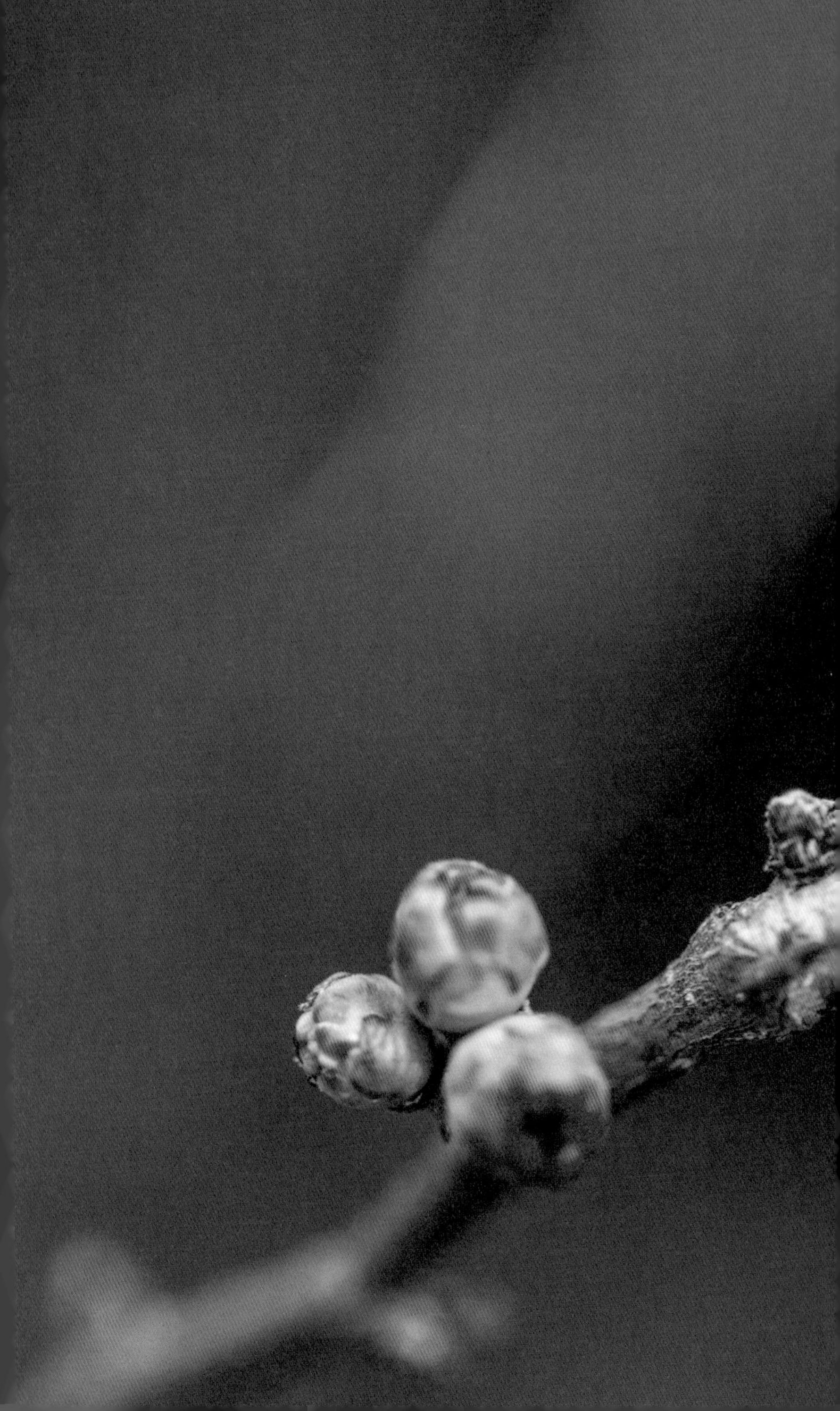

설렘

꽃이 피기를
기다린다
예약된
설렘으로

분명 올 걸
아는데도
목 길게 늘인
성마른 조바심

부푼 가지마다
아른아른
피어오르는
연둣빛 숨결

꽃이 피기를
기다린다
예약된
설렘으로

프리지아 사랑

아름다운 것을 보면
선물 받고 싶다고 생각한 내가
아름다운 것을 보면
선물하고 싶다는 당신을 만났다
갈색 책상 위에 놓인 선물
사양치 않고 덥석 받았지만
욕심 많다 타박하지 않고
환하게 웃어주는 당신
풍선처럼 부풀어 오른 내 마음이
봄비 맞은 꽃망울처럼 터질 듯 말 듯
웃음만 노란 꽃물로 번지는
봄날 오후의 프리지아 사랑

Part 1 · 엉겅퀴와 나비

동백꽃 연가

꽃샘추위 널뛰어
내려앉은 시간 모아
동글동글 빚어 올린
노오란 족두리
사르르 내려앉은
봄 햇살의 도닥임에
살포시 내민 얼굴마다
선연한 꽃물 연지
겹겹이 쌓인 기다림
살살 풀어 흔들건만
봐줄 임은 오지 않고
외로움만 서성서성

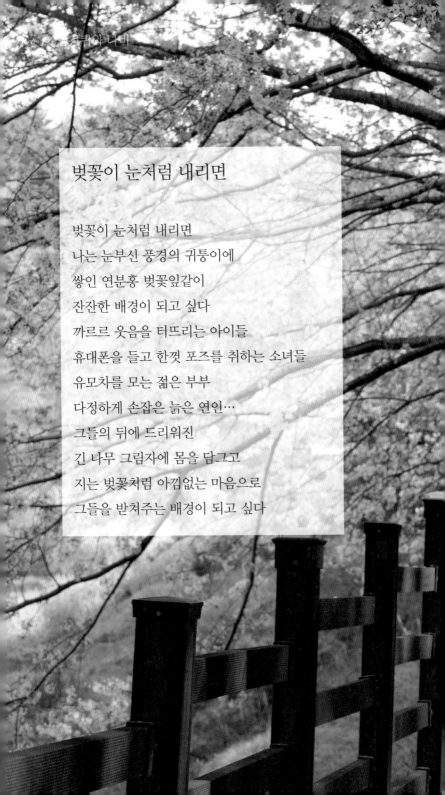

벚꽃이 눈처럼 내리면

벚꽃이 눈처럼 내리면
나는 눈부신 풍경의 귀퉁이에
쌓인 연분홍 벚꽃잎같이
잔잔한 배경이 되고 싶다
까르르 웃음을 터뜨리는 아이들
휴대폰을 들고 한껏 포즈를 취하는 소녀들
유모차를 모는 젊은 부부
다정하게 손잡은 늙은 연인…
그들의 뒤에 드리워진
긴 나무 그림자에 몸을 담그고
지는 벚꽃처럼 아낌없는 마음으로
그들을 받쳐주는 배경이 되고 싶다

튤립 정원에서

잘 가꾼 정원의
첫 입장객이 된다는 건
서성이며 기다린 시간만큼
가슴 두근거리는 일이다
눈앞에 펼쳐진 너른 땅 가득
가지런히 머리를 빗은 수많은 튤립이
봄바람의 붓질에
색색의 빛으로 일어선다

어우러진 굽은 선이
겹겹의 무지개 같은데
한 송이 한 송이 살펴봐도
못난이 하나 없구나
넘치지도 모자라지도 않은
보살핌을 원했기에
저리도 제 빛으로
반짝일 수 있는 게지

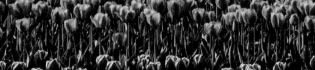

모여서는 한 몸 되어
화사한 꽃물결로 흐르고
따로따로 있어도
맵시 있는 저 튤립처럼
여럿 속에 있어도 아름답고
홀로 있어도 기품을 잃지 않는
그런 사람이 되고 싶다
그런 삶을 살고 싶다

남바람꽃

마파람 노닐다
떠나간 자리에
소르르 피어난
작은 눈웃음
살랑살랑 흔드는
수줍은 손짓에
봄볕이 볼 붉히며
슬며시 안겨들다

등꽃

촉촉이 내린 봄비가
텁텁함을 씻어낸 아침나절
연보라색 등꽃이
소담한 줄을 드리웠다
곱게 편 꽃 날개를
살랑살랑 흔들 때마다
톡톡 터지는
달콤한 향기 주머니
앞다투어 몰려든
꿀벌들의 친구 신청에
까르르 터지는
보랏빛 웃음소리
외로운 아기 구름 한 송이가
꽃인 체 끼어들어도
슬쩍 손잡아 주며
구김 없이 까르르

살구

살구꽃을 본 지
엊그제 같은데
벌써 이리도
탐스럽게 익었다
잘생긴 과육을 답삭 깨무니
입안에 넘치는 진한 단맛
분명 맛있는데
왜 이리 허전할까

내 어릴 적
아랫집 순자네 늙은 살구나무
여름으로 달음질치는 햇살에
달아오른 못생긴 살구들처럼
배고픈 계집애들의
허기를 채워준
진저리치던 시큼 아릿한
그 맛이 아니구나

다듬어진 맛보다 날것의 거칢이
더 익숙한 건 아마도
바가지머리 계집애들의
해맑은 웃음소리와
나무 밑 수북한 살구씨에
내려앉은 수다처럼
오랜 세월 곰삭은
살굿빛 그리움 때문일 게다

등꽃잎 하나

거미줄에 매달린
등꽃잎 하나
보랏빛 그리움으로
마음을 물들이다

늙은 나무의 죽음

하루하루 바스러지는
몸을 받치던
철 지지대가 치워진 날
늙은 나무가
죽음을 맞았다
밑동이 무참하게 잘려
바닥에 누운 나무의
둥치 안 곳곳에
빈 구멍이 너무 많아서
참 서러웠다

토막 난 줄기와 가지에서
흘러나온 푸른 피가
주변에 안개처럼 퍼진다
순하게 스며드는 맑은 향기에
깊은 숨을 아껴 쉬었다
그 언젠가
생의 마지막에 섰을 때
내 영혼의 숨결도
저리 향기로울 수 있을까?
문득 누운 나무가 부러워졌다

작약

작약밭에 흐드러진 햇살
부푼 꽃봉오리 타고 내려가
알뿌리 간질간질
몸 비틀던 작약꽃
함박웃음 터뜨리며
우르르 도망 나오다

저 여름 장미처럼

꾹꾹 눌러 응어리진
숨겨둔 사랑을
마음껏 표현하라
저 여름 장미처럼
망울망울 맺힌
아껴둔 그리움도
남김없이 표현하라
저 여름 장미처럼

마음을 푸고 또 푸다
쩍쩍 갈라진 바닥을 드러내도
아찔한 향기로 차오르는
저 시붉은 영혼처럼
따가운 햇살 기나긴 낮을 건너
부드러운 달빛 짧은 밤을 안고
온몸으로 부딪쳐 사랑하라
저 여름 장미처럼

반딧불이

캄캄한 밤
도랑물 흐르는 소리를
발밑에 깔고 서서
반딧불이를 기다린다
무성한 풀숲 외로운 폐가에
바람 소리가 머물면
반짝 반짝반짝
떠오르는 작은 별들
끊어질 듯 이어지는
소리 없는 통신이
스며들 듯 드러날 듯
참으로 조심스럽다
언제부터 우리는
이리도 숨죽여
너를 기다리게 되었을까
개미집을 엿보는 어린아이처럼

내 어릴 적
저녁밥 먹자마자
불 꺼라 전기세 나온다
할머니의 호령에
빛 잃은 오 촉 전구 흘겨보며
엉금엉금 기어가 누운
대나무 평상 위로
와사삭 부서지던 별빛 가루들
매캐한 모깃불에 눈 비비며
돌아눕다 본 집 앞 옥수수밭
여기서 반짝 저기서 반짝반짝
내려앉은 별들의 화려한 숨바꼭질
할무니, 별들이 막 뛰어댕겨
한 놈 잡아줄 껴? 옜다―
사이다병에 가둔 별들이 반짝반짝
하늘의 별들도 반짝반짝

그때의 별들은 그대로이고
비스듬히 걸린 북두칠성도 여전한데
눈부신 가로등에 밀린
땅 위의 별들은 성글고 희미해서
밝지 않은 눈으로
노려보듯 찾건만
어둠 찾아 자꾸만
풀숲으로 숨는다
저기 저 북두칠성 국자로
별들을 듬뿍 퍼서
이곳에 좌라락 뿌리면
따라 나오려나
멀리서 스르르르
희미한 별들이 숨어드는 소리
한 놈 잡아줄 껴? 옜다-
할머니의 목소리가 많이 그리운 밤

붉은 수국

매지구름 드리워진
무거운 하늘 밀며
몽실몽실 피어오르는
붉은 꽃풍선
흰 꼭지 달랑달랑
바람을 부르면
아슬아슬 발돋움
붉은 날개 나붓나붓
일제히 날아올라
하늘을 덮는다면
세상은 온통
붉은 꽃노을 되겠다

해당화

해무 가득한
섬마을 동구밭길
해당화가 고개 갸웃
발돋움 서성서성
소르르 맑은 향기
구름처럼 피어올라
경계 잃은 하늘가에
꽃물처럼 번지누나
여름 내내 기다려도
찾는 이 드물건만
어쩜 이리도 곱게
피고 지고 또 피는가
해풍이 쓰다듬고
해무가 다독인 자리마다
단단하게 맺힌
붉디붉은 그리움

백일홍

뙤약볕 내리쬐는
메마른 화단에서
허리 곧게 펴고
의연하게 웃는 얼굴
붉은 꽃잎마다 맺힌
기특한 삶의 의지
손길 머뭇머뭇
가만히 눈길만 주는데
사이다 속 기포처럼
그리움 방울방울
새파란 하늘가에
뭉게구름으로 피어나다

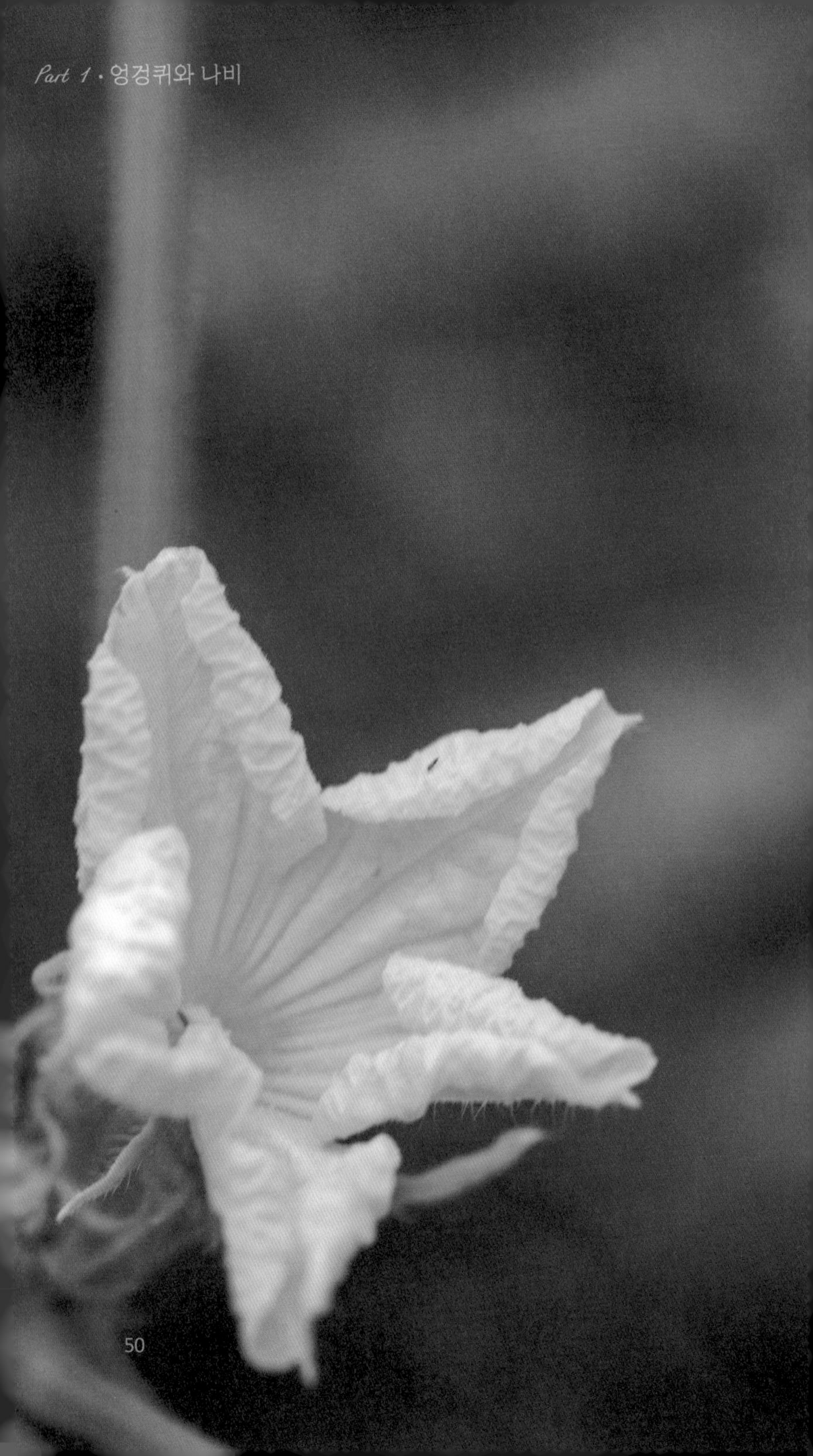

호박꽃

시커멓고 무거운
폐타이어 사이로
작은 얼굴 용케도
고개 쏙 내밀었다
주어진 삶에 절망하지 않고
요리저리 더듬어 길을 찾은,
어두울수록 더욱 빛나는
노오란 희망의 별

반딧불이의 사랑

풀벌레 노랫소리가
이슬처럼 매달린 외진 풀밭
캄캄한 어둠을 뚫고
나타난 초록 등불
여기서 반짝 저기서 반짝반짝
한 바퀴 돌며 휘르르르
길게 꼬리 끄는 초록의 띠
반딧불이들의 춤사위

어디 있어요, 어디 있나요
여기서 깜빡 저기서 깜빡깜빡
사랑할 시간은 저 눈썹달님처럼
자꾸만 야위어만 가는데
내 사랑 그대는 어디에 있나요
어서어서 불 밝히고 내게로 와요
어두울수록 더욱 선명해지는
반딧불이의 절박한 사랑

코스모스 꽃밭에 서서

코스모스 꽃밭에 서서
바람을 맞는다
옷깃을 헤치는
찬 기운 품은 손길
흩날리는 머플러는
추락하는 나비 날개
몸 휘청대며
어깨에 힘을 주다
아침 햇살 먹고 줄렁이는
꽃의 파도에 마음을 빼앗겼다

내 몸보다 수백 배나 가는 허리를
낭창낭창 흰 코스모스들이
바람이 밀 때마다
겹겹의 꽃보라로 번진다

몸에 힘을 빼세요, 우리처럼
가을바람을 믿어요, 우리처럼
향기로운 속삭임에
슬며시 어깨의 힘을 푼다
넘어질 듯 흔들리는 내 몸을
갈바람이 감싸 안는다

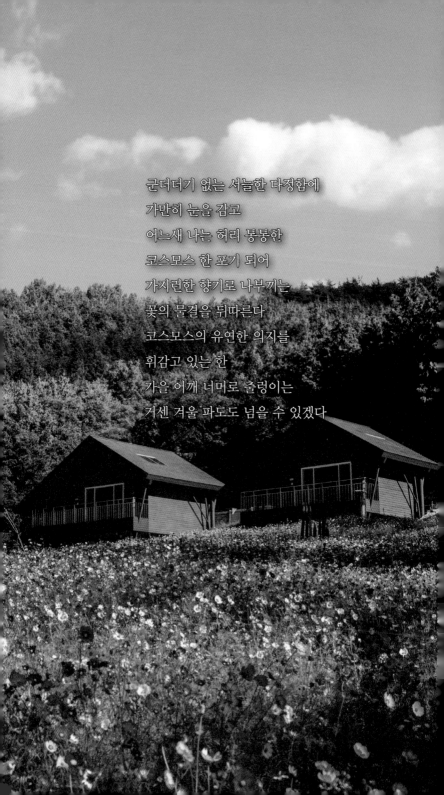

군더더기 없는 서늘한 다정함에
가만히 눈을 감고
어느새 나는 허리 통통한
코스모스 한 포기 되어
가지런한 향기로 나부끼는
꽃의 물결을 뒤따른다
코스모스의 유연한 의지를
휘감고 있는 한
가을 어깨 너머로 출렁이는
거센 겨울 파도도 넘을 수 있겠다

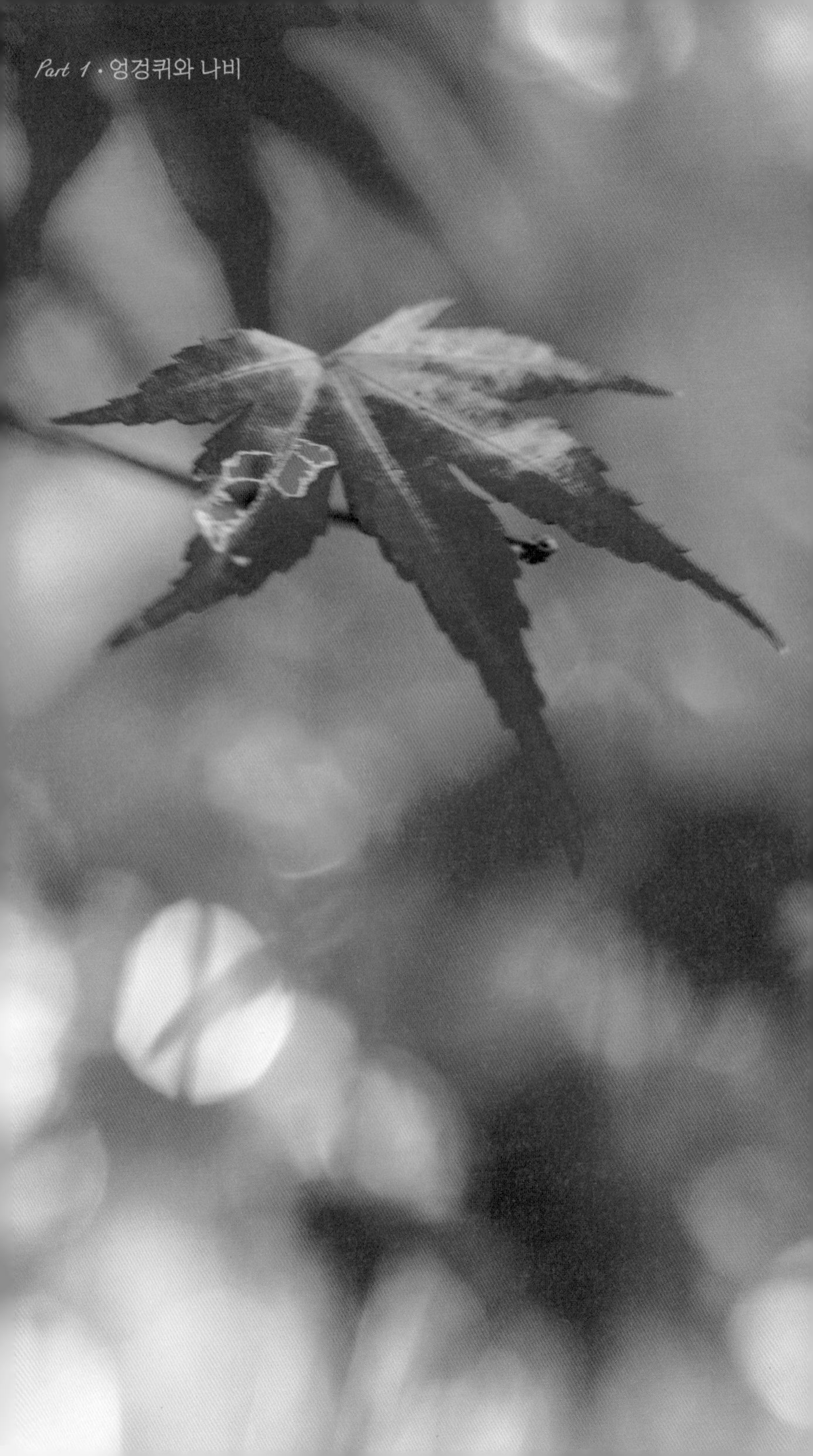

저 단풍처럼

가을 하나 보낼 때마다
점점 더 시려오는 손끝에
마음 꽃물 적셔 한 줄 한 줄
더운 시구 놓아 보낸다
벌레의 잇자국에 끊긴
생명줄 돌고 돌아 용케도
손톱 끝까지 붉은 꽃물
내보내는 저 단풍처럼

솜꽃이 피었다

솜꽃이 피었다
딸내미들 시집보낼 때 쓴다고
해마다 심어 거둔 목화
머리에 이고 장에 가던 엄마의
뒤로 길게 드리워진 그림자처럼

솜꽃이 피었다
시집올 때 남동생이 지고 왔던
청홍 배색 두툼한 솜이불의
포근함에 볼 비비던
새댁 시절 보드레한 기억처럼

솜꽃이 피었다
얄팍한 캐시미어 이불에 홀린
주인의 외면에
오랫동안 장롱 안 전시품으로
누워 있던 묵직한 서러움처럼

솜꽃이 피었다
침대 이불 두 채로 다시 태어나
땀에 젖고 아이의 오줌에 찌들어 가도
고달픈 몸 뉘면 여전히
남아 있던 눅눅한 다스함처럼

솜꽃이 피었다
소명 다해 떠나보낸 후
좋다는 극세사 이불로 몸 감싸도
문득문득 시려오는 가슴에 뒤척일 때면
밀물처럼 밀려드는 포근한 향기처럼

부러 이불 두 채 겹쳐 덮고 누운
서늘한 늦가을 밤
꼼지락거리는 발끝마다 묵직하게 맺힌
그리움의 꽃자루마다 망울망울
하얀 솜꽃이 피었다

Part 2

별의 숨결을
모아

별의 숨결을 모아

눈을 뜬 빛의 나비

하늘 창문 열고

겹겹의 날개 너울대다

휘르르 휘르르르

내 하늘로 날아내렸다

찰나에 열린 마음의 창 안으로

화악 번지는 별의 숨결

지친 삶의 어깨에

촉촉이 스며드는 깊은 위로

마음밭이 온통

별빛으로 물들었다

— 「별의 숨결을 모아」 전문

일출을 맞이하며

밤새 바다를 지키던
등대를 다독이며
어제보다 하루 더 채워진 해가
수평선 위로
쑤욱 솟아오릅니다
미처 따라가지 못한 해그림자가
옷깃을 잡고 매달려
끌려 나옵니다
곧은 응시를 허락받은 유일한 시간
나는 감히 해를 바라봅니다

발밑까지 다가온 햇살을 건져 올려
꿈의 베틀에 걸고
삼백예순다섯 올을 뽑아
베를 짭니다, 찰카닥 찰카닥
시간의 바디에서 펼쳐진
꿈의 천을 몸에 두르니
설빔 입은 어린 계집아이처럼
마음이 설렙니다
새롭게 열린 문 안에 무엇이 있든
거뜬히 헤쳐나갈 것 같습니다

맴돌다

물 위에 내린 별
발자국 잠방잠방
떠나온 하늘 추억
아로새기며 맴돌다

따끈해지도록

날씨가 추우니
햇살도 뭉치나 보다
바다 한가운데
옹기종기 모여 앉아
서로의 체온을 나눈다

우리도 맘 편하게
꼭 안고 가슴 맞대어
온기를 나눌 수 있다면…
힘든 건 추위가 아니라
서로 안아줄 수 없다는 것

멀어진 거리 둘둘 감아
화덕을 만들고
생각 햇살 불쏘시개 삼아
사랑 조각 구워 볼까
얼어붙은 마음솥 따끈해지도록

이월의 저녁 하늘

이월의 저녁 하늘에선
셀렘민트 향이 난다
어렸을 적
언니와 반씩 나눠 씹었던
껌의 기억처럼
조심스럽게 물들어가는 연청빛 아래
사르르 번지는 연한 분홍빛
은박지 속 하얀 분에 덮인
껌 조각 반쪽
조몰락거리다 입에 넣었을 때
녹진하게 번지던 아쉬움처럼
이월의 저녁 하늘에선
셀렘민트 향이 난다

입춘

저 멀리 꽃빛발 번지는
산등성이에
살포시 내린
연한 분홍빛 노을
호오–
아기 봄이 내쉬는
달보드레한 숨결
머지않아 봄바람 타고
꽃길이 번져 오겠다

일렁이겠다

포르르
나비처럼 날아든 봄이
사뿐히
양지에 내려앉았다
이젠 조금 살 만하지 않느냐고
그러니 일어나라고
살랑살랑 날갯짓하며
눈웃음친다

붉은 입술 오므린
동백 꽃봉오리
새침하게 오뚝 코 세운
목련 꽃봉오리
귀 쫑긋 하고
곁눈질하다가
몽글몽글 부풀어 오른
볼 붉히며 따라 웃는다

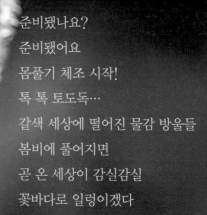

준비됐나요?
준비됐어요
몸풀기 체조 시작!
톡 톡 토도독…
갈색 세상에 떨어진 물감 방울들
봄비에 풀어지면
곧 온 세상이 감실감실
꽃바다로 일렁이겠다

새벽

이월의 끝에 매달린
새벽은 외롭다
흐린 푸름 속을 헤엄쳐
홀로 가는 길이라서
주어진 방향으로
제 속도만 내야 해서
그럼에도 불구하고
다시 돌아올 수 없어서
짧기에 더욱 진한
새벽의 곧은 궤적
때를 놓친 시린 그믐달과
하얗게 얼어붙은 별빛이
바알간 여명 위에
몸을 뉘는 시간
아물대는 빛의 꽃
그림자 아래
외로운 새벽아
고요히 피어나라

봄날 오후

고개 숙여
삶의 무게를 재는 사이
어느 틈에
흰 날개를 펼친 벚꽃잎이
말간 하늘 속으로
점점이 박혀듭니다
소스라쳐 올려다보다
그 눈부신 푸르름에
눈시울 발개지는 봄날 오후
떠날 때까지도
보드레한 위로로 남는
꽃잎 음표들의 춤사위에
내 마음의 악보에도
날개 한 쌍이 돋는 순간
아슴아슴 꽃구름 너머
용케도 잘 버틴
오늘이 웃고 있습니다

한밤중에

고요한 튤립밭에
별이 내린다
멎어버린 풍차 날개에
맺힌 별가루들
소르르 흘러내려
튤립의 오므린 입술을 적시면
야무지게 팬 보조개
터질 듯 말 듯

이제 여명이 트고
햇귀가 화살처럼 파고들면
색색의 꽃보라가
물결처럼 번지겠다
화사한 색깔이 밤에 만들어지듯
모든 빛남엔 든든히 받쳐주는 어둠이 있지
고요한 튤립밭에
빛이 내린다

머금다

초사흗날 초승달
푸른 하늘 그림자에 젖어
꽃잎처럼 떨어지는 밤
새싹처럼 차오른 오월이
고운 입꼬리 올려
그리운 이를 머금다

단비다 단비

덜컹거리는 창문 너머로
비가 달린다
가로등 불빛을 짚고
굵은 소나무 가지들을 지르밟으며
결승 테이프 없는 하늘길을
거침없이 달린다
창문을 열고 내민 손보다 빠르게
비의 옷자락이
와락 얼굴을 덮는다

우풋- 응?
시원하다

처음으로
햇살보다 빗살이 마음에 드는 건
싱그럽게 일어서는
저 초록들 때문일 게다
슬쩍 혀를 내민다
2퍼센트의 단맛이
몸 안으로 스며든다
왠지 시들어가는 청춘이
되살아나는 것 같다

바람 소리를 듣다

어두운 밤 불을 끄고
바람 소리를 듣는다
시시시 레레레
높은 음 미파파−
방충망을 흔들고
두꺼운 커튼을 밀치며
훅훅 부딪치는
간절한 부름

귀를 열고 가슴을 비워
부름에 응한다
마음 오선지에 매달린
바람 음표들이 부서진다
시시시 솔솔파
낮은 음 레레레−
바람 가루가
사르르 날린다

바람이 인다, 살랑살랑
수박 향 닮은 냄새
15퍼센트 남은 휴대폰 눈금 같은
빨간 근심이 스르르 풀린다
바람이 차오른다, 찰랑찰랑
가라앉았던 몸이 떠오른다
어두운 밤 불을 켜고
바람 소리를 듣는다

세방낙조

섬이 해를 삼킨다
한 입 한 입 정성스럽게
길게 누운 작은 몸이
검게 타들어가도
뜨겁다고 버겁다고
결코 뱉지 않는다
발밑으로 아롱지는
붉디붉은 숨결
새로운 시작으로 이어지는
뫼비우스의 띠

지금 이 설렘으로

달리는 차 안에서
바라본 하늘에
그만 입이 동그래진다
앞쪽은
파란 하늘에
새하얀 뭉게구름
뒤쪽은
흐릿한 하늘에
낮게 깔린 먹구름
오른쪽은
연청빛 하늘에
헤엄치는 하얀 반달
왼쪽은
발긋한 하늘에
물감처럼 번지는 노을

한날한시에 보는
세상이건만
어쩜 이리도 다양한지
개구쟁이 아이들처럼
온 하늘을
쏘다니는 매지구름 따라
방향 잃은 미어캣처럼
이리저리
고개를 돌리는데
차창 앞 유리에
후드득 부딪히는
소나기 한 소쿠리
무지개라도 뜰 것 같네
속삭인 순간
가슴이 두근거린다

예측할 수 없는
여름 하늘 같은
우리네 인생살이
그럭저럭 살 만하다
고개를 끄덕이며
걸어갈 수 있는 건
무지개를 꿈꾸는
마음이 있기 때문
기다림이 있기 때문
설령 보지 못할지라도
무지개는 꼭 뜰 거라는
믿음이 있기에
세상은 살 만한 거다
살아낼 만하다
그래, 지금 이 설렘으로

구름 커피

구름 고운 창가에 앉아
커피를 마십니다
폭신한 구름이
풀어진 솜사탕처럼 날리네요
한 움큼 듬뿍 쥐어
커피 위에 풀어봅니다
오! 감칠맛이 깊어졌어요
이 커피를 타 준 이의 마음 같네요
고운 창가에 앉아
구름 커피를 마십니다

새벽의 별들은 외롭다

새벽의 별들은 외롭다
가는 길이 혼자라서
가는 방향이 겹치지 않아서
그럼에도 가야 하기에
더욱 외롭다
은은한 빛을 밝히며
하늘 너머로 스러지는
새벽의 푸른 별들
빛의 깜박임이 멀어질수록
그 눈동자에 갇힌 외로움도 깊다

구름 아이스크림

구름 고운 주말 오후
푸른 하늘을 안고 달린다
아무런 근심 없이
탐스럽게 부풀어 오르는
저 하얀 아이스크림
푹 떠서 한입에 넣고
볼 미어지게 우물거리면
석 달 얼린 얼음 같은
내 근심 덩어리
소르르 풀어져
눈꽃빙수로 날리겠지

가을이다

와삭 밟히는
갈잎 한 장에
가을이 우수수 떨어진다
올려다본 하늘에서
푸른 물이
와락 쏟아져 내린다
발이 멈춘다
눈이 시리다
숨이 점점 깊어진다
사르륵–
몸 안에
황금 물결이 인다
아!
가을,
가을이다

가을에

산등성이 비탈진 땅
언뜻언뜻 드러난 돌길 가로
진한 감국 향기가
노랗게 번지는 오후
새파란 하늘가에
자리 잡은 억새 무리
붉게 땋았던 머리 풀고
가을을 끌어안는다
귓가에 흐르는
갈바람 속삭임에
목 흔들어대는
수줍은 코스모스들 너머로
일렁일렁 젖어 드는
서늘한 단풍빛
하늘이 단단히 여물고
땅이 점점 무거워지면
또 하나의 가을이
덧칠된 그리움으로 눕겠다

입동

가을이 누웠다
떠난 빈자리에
하얗게 찍힌
찬바람의 발자국
갈잎 날개 펼친
가지 끝마다
아쉬움이 새처럼
오도카니 앉아 있다

퍼지다

국화 향기에 홀린 나비
늦은 단꿈에 잠긴 사이
눈 뜨고 몸 일으킨 겨울이
노란 안개처럼 퍼지다

스러지다

나무에서 날아 내린
샛노란 나비 떼
길 위에서 팔 바동거리다
뱅글뱅글 굴러간다
어지러워 감은 눈 위에
피어나는 노오란 햇살
하늘가에 흐르는
물 먹은 구름
넘실대는 비 내음에 쫓겨
고운 빛 스러지면
하얗게 가시 세운 겨울이
성큼 다가들겠다

깊숙이

가을빛 저문 뜨락
서리 품은 하얀 바람
야윈 단풍 마른 손 뻗어
성긴 햇살 줍는 오후
해묵은 나무 옹이에
겨울 숨결 깃들기 전에
깊숙이 숨어라
연둣빛 봄의 영혼

Part 3

홀가분하게

오랜 세월 같이한

내 몸은

마치 나무 같다

버겁도록 많은

생각의 잎을 달고 있는

걱정 나무 같다

잎 훌훌 떨어버리고

단단한 가지 드러낸

저 겨울나무처럼

나도 하얀 세상의

의연함으로 홀가분하게

서 있고 싶다

－「홀가분하게」 전문

가로등

새벽은 빛의 시간
가로등 불빛만 깨어
깜박깜박
시간을 밝힌다
다니는 이 없어도
봐주는 이 없어도
어느 것 하나
빛을 잃지 않는다

불빛이 아름다운 건
깨어있기 때문이지
묵묵히 주변을 밝히는
지킴의 삶
나도 다스한 빛으로
소중한 이의
발아래를 지키는
작은 가로등이 되고 싶다

경건한 삶

칼바람 몰아치는
소나무 가지 위
몸 웅크린 백로 한 마리
참을성 있게 썰물을 기다린다
갯골 까맣게 드러나면
젖은 날개 털고
먹이 찾아 오늘 하루
경건한 삶 이어가겠지, 너는

춥다는 핑계로
몸 웅크린 채
오늘 할 일 미루려던 내가
부끄러워지는 순간
온몸에 내려앉은
게으름 툭툭 털고
꿈 찾아 오늘 하루
경건한 삶 이어가리라, 나도

채우고 싶다

예전에는 하나를 버리면
둘을 샀는데
요즘은 하나를 버리고
하나를 산다
앞으로는 둘을 버려야
하나를 사고
그나마도 살까 말까
망설이는 날이 올 게다

주변을 깨끗이 하는 방법은
청소가 아니라
쓸 만한 건 나누고
버거운 건 버리는 것
추수 끝난 텅 빈 들에
하얗게 덮인 눈처럼
넉넉해진 빈자리를
다스한 빛으로 채우고 싶다

배움

하고 싶은 것이 있고
가르쳐 주는 스승이 있고
배우려는 의지가 있으면
설렘은 계속 핀다
장애물이 있다고
넘을 수 없는 것은 아니듯
내가 포기하지 않는데
세간의 눈이 대수인가
얇은 얼굴에 용기의 분 바르고
당당하게 서는 거야
도움닫기하고 발 굴러
뛰어라, 펄쩍!
꿈꾸는 하늘이 있는 한
나는 여전히 하얀 머리 소녀다

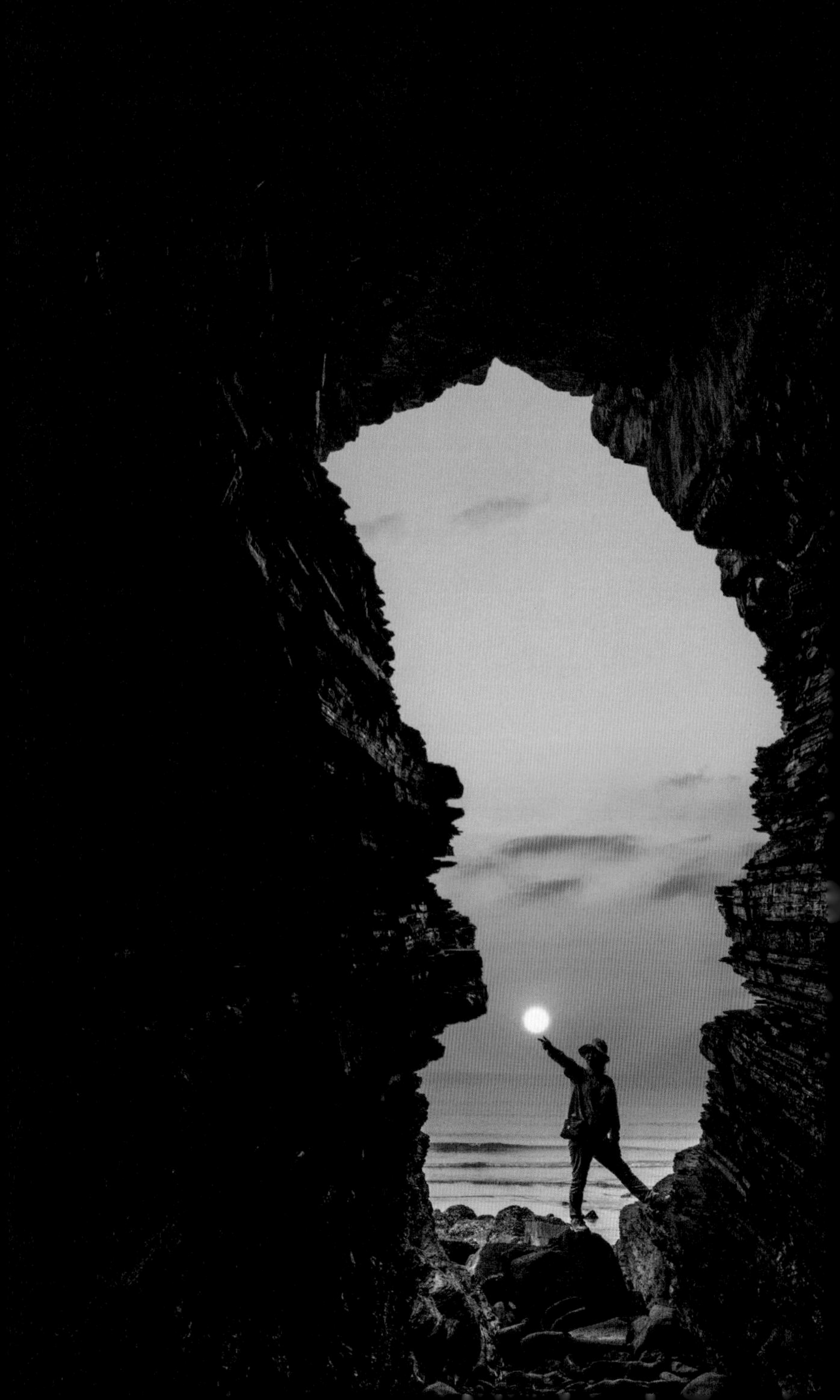

살 만한 거야

이리 봐도 저리 봐도
어두운 세상
답답하다고 끝이 없다고
한숨만 내쉴 거야?
어깨를 쫙 펴고
입꼬리를 올리고
물 마시는 병아리처럼
위를 보고 아래를 봐
새벽하늘 가르며
바삐 나는 새들과
젊은 바다 위로
빠르게 오가는 저 고깃배들…
먹구름이 짙다고
햇살이 사라지지 않는 것처럼
있다고 생각하면
그래도 세상은 살 만한 거야

타넘고 싶다

바람이 피리 소리를 내는
겨울 아침
한 무리 새 떼가
바다 위를 스치듯 날아간다
버거운 맞바람에
몸을 휘청거리면서도
용케도 대열을
흐트러뜨리지 않는다
거칠게 달려드는 물결에
덮쳐질까 조마조마하건만
쉼 없는 날갯짓 사이사이
아슬아슬하게 먹이를 낚아챈다

그 치열한 삶의 몸짓에
눈을 뗄 수 없다
나만 그런 게 아니구나
아니, 모두 그렇구나
축 처진 내 어깻죽지가
유리창에 비친다
두 팔을 벌려 들썩들썩
어깨를 움직여본다
바람을 타고 넘어야
날 수 있는 저 새들처럼
나도 유연한 날갯짓으로
내 삶의 바다를 타넘고 싶다

밥을 삼키듯

의식하지 않아도
잘 되던 일에
언제부터인가
자꾸 구멍이 생긴다
의식하지 않아도
몸이 따른다는 게
얼마나 큰 축복인지
깨닫는 순간
무심하게 보냈던 시간이
유심하게 살아난다
살자, 하루하루
꼭꼭 씹어 밥을 삼키듯

무조건

문득 올려다본 하늘
벚꽃잎이 은비늘처럼 내린다
봄은 구름처럼 피어나
꽃가지 사이에서 웃는데
고개 숙여 키보드만 내려다본
내 봄은 아직도 꽃눈이다
날리는 저 꽃잎을 잡아 손 안에 가두면
도둑맞은 내 봄도 잡을 수 있을까
분 단위로 쪼개던 시간의 칼을 던지고
눈부신 하늘을 우두커니 바라본다
봄의 화사한 치마꼬리가
새삼 얄미워지는 날
이번 주말엔 만사 제치고
진달래색 옷 차려입고
벚꽃색 스카프 두르고
길 나설 테다, 무조건!

단비

풍만해진 하늘
후드득 떨어지는
진한 물 내음
멀어진 산 능선마다
한 겹 한 겹 차오르는
싱싱한 녹색 물결선
온 세상이 빗금으로
채워진 그림 같은 시간

아스팔트 틈새로 억세게 버틴
가느다란 줄기 위의 금계국도
콘크리트 벽 좁은 물구멍으로
어렵게 고개 든 봄까치꽃도
메마른 화단 끄트머리에서
긴 목 쭉 빼고 입 벌린 분꽃도
하늘에 빨대 꽂고
생명을 들이켜는 시간

창문을 열고
숨을 깊이 들이쉰다
가슴 가득 넘치도록
비의 향기를 채운다
원할 때 때맞춰 내리는
저 생명의 비처럼
나도 소중한 이가 원하는
단비가 되고 싶다

드론쇼를 보다가

기다림으로 부푼 밤하늘에
인공 별들이 춤을 추고 있어
오백 대의 드론들이
한 치의 오차도 없이
제자리를 찾아가 만든
꿈의 모자이크는
이내 작은 별들로 흩어져서
새로운 그림으로 다시 태어나지

가장 멋진 어울림은
있어야 할 자리를 지키며
자신만의 색깔로 빛나는 거야
하지만 이거 알아?
새로운 그림이 되려면
아무리 멋져도 싹 지우고
처음부터 다시 그려야 한다는 거
완성의 끝은 새로운 시작이야

더불어 산다는 것

이른 아침 운동장에
새들의 장터가 열렸다
잔디 씨 한 줌 주세요
여기요 지렁이 두 마리요
저는요 싱싱한 벌레 한 소쿠리만…

사람들이 자기네 땅이라
울타리 쳐 놓았건만
이 시간만큼은
오로지 새들의 땅
멀찍이 물러선 사람이
손님이 되는 순간

더불어 산다는 건
한 발 물러서
서로의 시간을
소중히 지켜주는 것

확!

질금질금 주룩주룩
오락가락 와르르…
징하게도 오신다, 이 장맛비
등짝에 눌어붙는 축축한 습기에
제습기를 틀다가
보일러를 돌리다가
심호흡하며 올려다본 하늘
오, 상큼한 멜론 맛이다

칠월의 지루한 장마를
견딜 수 있는 건
비 갠 뒤 언뜻언뜻 드러나는
저 파란 하늘 조각의 싱그러움
산허리를 감싸고 도는
구름바다의 폭신한 춤사위
순간 나타나 하늘을 둥글게 받치는
달콤한 무지개 때문일 게다

내 삶에 무겁게 드리워진
지루한 장마도
저 파란 하늘 조각 같은
굳건한 믿음으로
폭신한 구름바다 같은
부드러운 사랑으로
달콤한 무지개 같은
빛깔 고운 꿈으로 날려버리고 싶다, 확!

누군가

누군가
작가님 하고 부르면
손이 간지럽다
발이 바지런해진다
슥슥 삭삭 자박자박
지나간 자국마다
글이 일어서는 소리
살아있는 글은
거짓 없는 경험에서 나오는 것

누군가
시인님 하고 부르면
눈이 순해진다
귀가 부드러워진다
통 통 통통통
말랑말랑한 마음판에서
시어가 튀는 소리
좋은 시는
마음의 울림에서 나오는 것

촥촥촥

요즘 장맛비는
우르르 몰려다녀
맞아맞아, 저것 봐
거인이 배추에
소금 뿌리듯
여기저기에 촥촥촥
옆지기의 말에
웃음이 큭큭큭
기다렸다는 듯 구름 뚫은
햇살도 실실실
온몸 가득 채웠던
꿉꿉함이 휙휙휙
절임 배추같이 후줄근했던
마음이 보송보송

휴가 교향시

변박자로 돌아선
느긋한 하루
매미 합창을 반주 삼아
쇼팽의 녹턴을 듣는다

모처럼 비워진
마음 악보에
너그러운 늘임줄이
조각배처럼 누워 있다

바싹 마른 바람이
스타카토로 춤출 때마다
구름 쉼표 넉넉히 담은 하늘이
고개 갸웃하며 웃는다

감실감실 스르르
눈꺼풀에 붙임줄이 늘어지고
깜박깜박 졸음이
도돌이표로 강중댄다

2분쉼표 온쉼표
데크레셴도…
마음이 깊은 숨쉬며
고요히 잠들었다

시인의 소양

구름이 만든 그림
순간이 그린 예술
그 순간 놓치지 않고
손 안에 움켜쥔 게 시
빨라야 하는 건
눈이 아니라 손이지
이거다 싶으면
잡는 게 먼저

길

열 살 즈음엔
길이 없어도 걱정하지 않았어
내가 가는 곳이 길이고
헤매도 해 질 무렵
돌아갈 길은 알고 있었으니까

스무 살 즈음엔
갈래길 앞이어서 어디로 가야 할지 몰랐어
많이 망설이긴 했지만
유리병 속 꽉 찬 알사탕을 고르는 것처럼
마음은 참 설렜지

서른 살 즈음엔
가야 할 길을 찾았지
다만 끝이 보이지 않을 만큼
가마득히 멀어
조금 두렵긴 했어

마흔 살 즈음엔
길의 끝이 어디쯤인지 가늠할 수 있었어
장애물이 많고 오르막길이어서
주변 돌아볼 길 없이
그저 걷고 또 걷기만 했지

쉰 살 즈음엔
비로소 길 주변이 보이기 시작했어
이고 진 짐도 줄었지만
버릴 수 없는 짐이 자꾸만 떨어져서
마음 아프고 서럽더라

예순 살 즈음엔
비로소 길이 길로 보이더군
풀 한 포기 꽃 한 송이만 보여도
걸음을 멈추고 한참을 들여다봐
어찌나 곱고 대견한지 그만 눈물이 나지 뭐야

요즘은 알아
지나온 길보다 남은 길이 더 가깝다는 거
해돋이보다 해넘이가 더 좋듯
할 일보다 하고 싶은 일을 먼저 하고 싶어
그래, 바로 지금 이 자리에서

불꽃놀이

창가에 기대앉아
불꽃놀이를 보았다
달팽이관을 두드리는
천둥소리와 함께
무수히 많은 별들이
눈동자 안으로 달려들었다
내 작은 우주를 가득 채우는
참 고운 별꽃들…
기억 압화로 새기는데
왈칵 눈물이 났다
마음이 넘쳐흘러
별똥별이 되었다

그리다

하늘을 닮고 싶어
그림을 그렸다
구름을 담고 싶어
폭신한 색들을 집었다
가지런히 누워 있는
오일파스텔을
하나하나 골라내다
순간 멈칫했다
하늘 속에 이렇게
많은 색이 숨어 있었나

알면 알수록
활엽수 가지처럼 갈라지는
수많은 색의 가닥에
그만 어지러워졌다
마음 팔레트에
칸칸이 방이 늘어난다
하늘을 그리고
구름을 담으며
보는 눈을 빗질한다
세상을 다시 배운다

가을비

깊은 밤 보일러 연통을
두드리는 빗소리
도닥도닥 튀는
물 발자국 아래
담방담방 괴었다가
조르륵 흘러내리는
당신 향한
짙고 푸른 그리움

되었다

뭔가를 새로 배운다는 건
심장을 뛰게 하지만
빠릿빠릿 가벼운 마음과 달리
헛손질하는 굼뜬 손
요리조리 생각 굴려 봐도
왠지 2퍼센트가 허전해

먼저 일어서는 사람들의 수만큼
초조한 마음은 늘어만 가는데
미소 예쁜 강사님 왈
다른 이들 작품 한 번만
더 둘러보란다, 바쁜데…
응? 보인다! 2퍼센트의 여백

채우는 게 아니라
비우는 거였어
잘하는 게 목표가 아니라
마치는 게 중요한 것처럼
마음을 매듭지었으니
그것으로 되었다

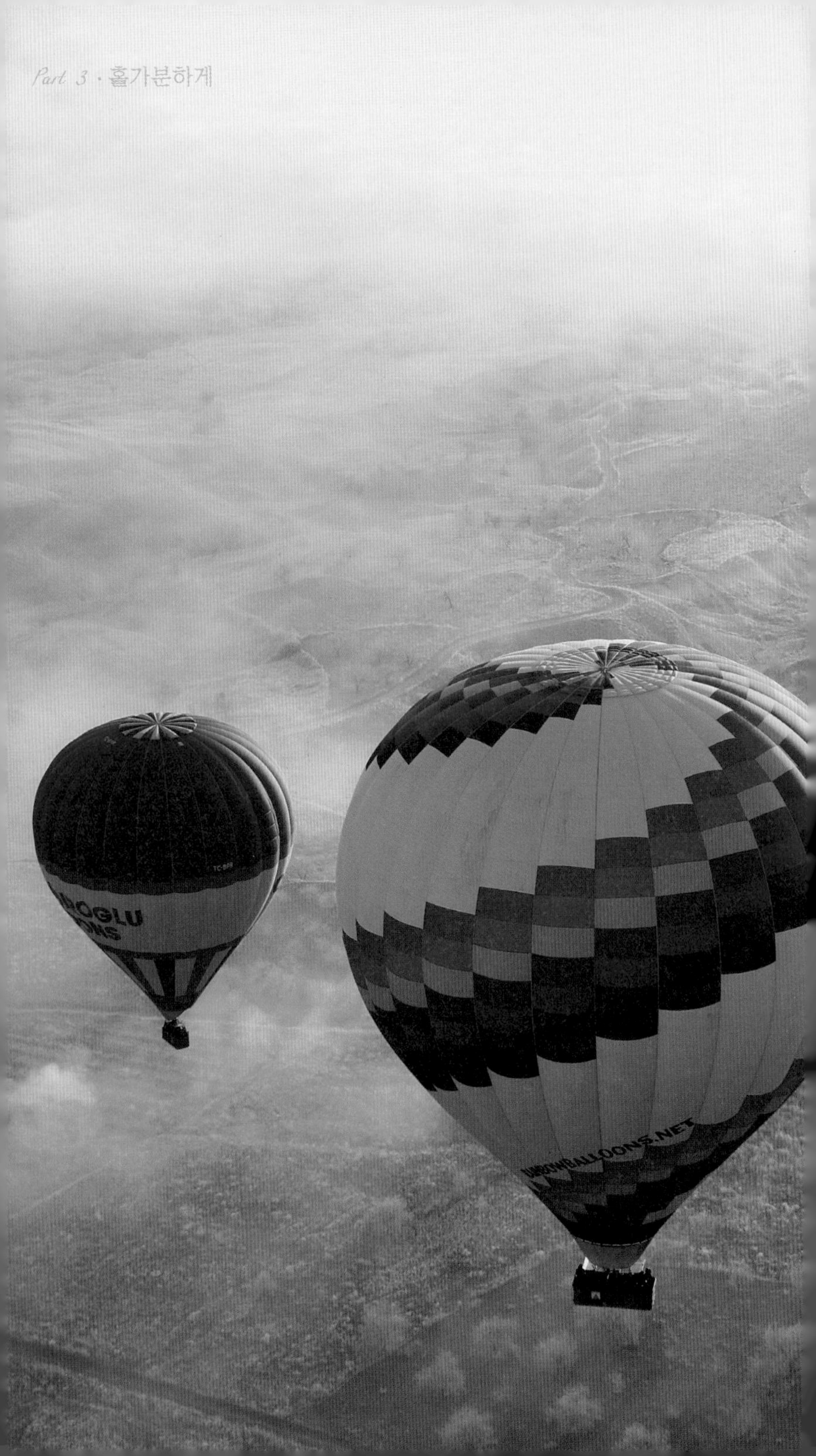

떠나고 싶다

해 질 녘
우유 한 잔 따끈하게 데워 들고
창가에 기대선다
꼬리를 길게 끌며
하늘을 가로지르는 비행기 줄구름에
가슴이 대책 없이 두근거린다
반짝 빛나는 비행기 머리가
별싸라기 같아
엄지와 집게손가락 사이에 넣고
공연히 비빗비빗
보는 것만으로도 설레는
거침없는 반직선의 행로가
부러워, 부러워
아이 부러워
포물선 그리며
쑥쑥 부풀은 간절한 외침

아, 떠나고 싶다!

자가격리

모두가 잠든 새벽 홀로 깨어
창밖을 살핀다
가로등 불빛 아래
사선으로 날리는 세찬 눈발
굳게 닫힌 창밖의 세상은
소리 없이 소란하다
새 두 마리가 앞서거니 뒤서거니
어두운 하늘로 사라진다
날리는 눈발을 거스르는
의연한 날갯짓
슬며시 양팔을 들어
내 쇠한 기운을 실려 보낸다

자가격리 엿새째
무거운 몸은
어두운 바다처럼
자꾸만 가라앉는데
창밖을 스쳐 가는 저 눈송이들은
어쩜 저리 가볍고 자유로울까
가만히 유리창에 뺨을 갖다 대고
귀 기울여 듣는 희미한 바람 소리
영하 4도의 눈보라 치는 세상이

문 닫고 내다보면 저리도 고요하듯
내 몸속의 보이지 않는
치열한 전투 역시 그러할 게다

탐스러운 눈송이들이
유리창 안을 들여다보며 속삭인다
조금만 더 견디라고
괜찮아질 거라고
얼룩덜룩 상처 입은 땅이
새하얗게 되살아나듯
거짓말처럼 찾아든 평온이
몸과 마음에 걸린 빗장을 풀 거라고
바람이 잦아든다
눈발이 옅어진다
희미한 여명이 번진다
아침이다, 오지 않을 것 같더니

때로는

수박보다 즙이 많은 배
배보다 더 큰 사과
사과보다 사각거리는 감
감보다 더 제철 같은 딸기
딸기보다 단 토마토…

때로는 본연의 맛이
그리울 때가 있다

Part 4

해후

언제까지라도 있을 듯
당연하게 그럴 듯
무심하게 흘려보낸
수많은 일상들
겹겹이 드리워진 시간의
성긴 그물 어느 아래에서
하릴없이 서성대며
회귀를 기다릴까
그 옛날 젊은 엄마가 탁탁 털어
말리던 이불 호청처럼
기억 하늘 그 어디에서
하얀 그리움 휘날리고 있을까
짙은 구름 사이
발 구르는 동짓달 서러운 달빛
만남이 언제일지 가마득한
온밤을 덮는 기다림

-「해후」전문

튤립을 그리다

딸애와 나란히 앉아
그림을 그린다
풍성하고 통통한
딸애의 노란 튤립
성글고 하늘하늘한
나의 붉은 튤립
보고 그린 꽃은 같건만
물든 마음은 어쩜 이리 다른지…
무지 달력에 붙이고
서로 나눠 가지면
너의 일 년은 어려움이 성글어지고
나의 일 년은 맺음이 풍성하겠구나

똑 닮았는걸

딸기가
딸만큼 좋다고 하면
우리 딸
서운해할까?
그치만
똑 닮았는걸
톡톡 터지는
상큼달콤한 맛에
마음 환해지는 게

친구에게 2

아무리 오랜 세월이
흘렀다 해도
어찌 눈부신 스무 살의
가을을 잊을 수 있을까
은행잎이 나비 떼 되어 내리던
벤치의 기다림
단풍이 노을처럼 흐르던 오후
노랗게 익은 햇살 아래 웃음소리…

사회에 발을 딛고
책임질 이가 늘어나고
서로를 찾는 시간이
책갈피 속 낙엽처럼 부서지며
한 발 한 발 멀어진 우리는
각자의 힘든 시간에 갇힌 채
앨범 속의 잊힌 사진처럼
우두커니 서 있었지

네가 가장 힘들었던 때를 눈치 못 채고
내가 힘들다는 이유로
뚝 끊어버린 오랜 세월이
얼마나 부끄럽고 서러운지…
같이 가는 이가 있어도
힘든 그 시간을
넌 어떻게 버티며
홀로 걸어왔니?

발걸음을 멈추고 뒤돌아서서
박제된 전화번호
열한 자리 숫자를 눌렀을 때
넌 여전히 변함없는 목소리로 말했지
좋을 때도 힘들 때도 서로 기대는 게 친구라고
넌 그대로인데 내가 멀어졌으니
이번엔 내가 갈게 천천히 다가갈게
떳떳하고 기쁘게
네 눈 마주하는 날까지

보고 싶다

구름 속에 갇혀도
바라보면 달무리로 번지는
저 달빛처럼
떠올리기만 해도
은은한 꽃보라로 피어나는
사람이 있다
아득히 먼 곳에 있어도
부르면 눈앞으로 훅 다가드는
저 별빛처럼
존재만으로도
든든한 버팀목이 되는
사람이 있다
어두운 겨울 하늘을 데우는
다스한 달빛처럼
차가운 밤바람을 안고 흐르는
다정한 별빛처럼
내 마음 마디마디에
그리움으로 맺혀 있는 그 사람

너에게 2

한 사람은
재수가 없어서
다쳤다 하고
또 한 사람은
많이 다치지 않아서
다행이라고 해
다친 것도 사실이고
아프기도 똑같은데
한 사람은
서서히 시들어 죽고
또 한 사람은
빠르게 피어나더라

마음의 줄은
형상 기억 합금 같아서
아무리 흔들려도
결국은
처음 정한 방향으로
되돌아온다지
그러니까 잘 선택해
네 눈이 처음 향한 곳
마음으로 꼭 찍은
변치 않는 그곳
바로 네가 살아갈
삶의 방향이란다

엄마의 하루

회백색의 차가운 벽
한 번 걸러야만 들어오는
시든 햇빛과 공기
무표정한 같은 처지의
주름진 얼굴들
먹고 화장실 가고 누워
혼자 떠드는 텔레비전 멍하니 보다
가물가물 조는 사이
꿈처럼 울리는 휴대전화
느릿느릿 갈퀴손으로 거머쥐면
몇 안 되는 단축번호의
보고픈 자식의 목소리

아픈 데는 없느냐
밥은 먹었느냐
화장실은 잘 가는 거냐
운동은 했느냐
필요한 것 있으면 말해라
언제나 똑같은 물음에
정해진 답도 똑같아
괜찮다 괜찮아
만남도 외출도 기약 없음을
둘 다 부러 외면해
8시 5분에 갇힌 채
제자리에서 째깍거리는
건전지 거의 닳은 시계 같아
끊은 전화도 끊긴 전화도
그저 먹먹해
서성대며 올려다본 바깥은
서러운 연둣빛

언뜻언뜻

한적한 산길
녹음만 길게 누웠는데
흰나비 한 마리 팔랑팔랑
마른 도랑 따라간다
꽃 한 송이
이슬 한 방울 아쉬운
초하의 길목
서러운 날갯짓 아른아른…
장날 이른 아침
무거운 광주리 이고
먼 길 가던 엄마의 뒤로
언뜻언뜻 보였던 속치마 같은

엄마의 뒷모습처럼

오후 두 시 삼십 분
엄마의 대면 면회
엄마 부르며 껴안은 어깨 위에
내린 한 줌의 햇살
도닥도닥 다독여
여윈 몸에 넣어드린다
이젠 당신과 닮아가는
나이든 딸의 얼굴을
가만가만 만지는
주름진 손이 다정해서
어린 딸인 양 입 삐죽이며
늙은 엄마의 등과 어깨를
꾹꾹 눌러 주무른다

주어진 시간이
초고속 열차같이 달아나면
갈라지고 멍든 마음을
부러 웃음으로 감춘 채
셀 수 없이 했던
입에 발린 당부의 소리를 하며
돌아서는 내 그림자가
어둡고 길게 늘어진다
손 흔들다가 돌아서는
휠체어 탄 엄마의 뒷모습처럼

대면 면회

삼 년 만에
엄마를 만나러 가는 시간
면회록을 작성하고
체온을 재고
신속항원 검사 하는데
발이 허공에서 헤엄치는 것 같아
6층 면회실로 오르는
엘리베이터가
참 더디기도 하지
아! 바로 알겠다
너무나 왜소한
엄마의 뒷모습

전화로 셀 수 없이
했던 말들이
처음 하는 말처럼
너무나 낯설어
여윈 어깨 주물러보고
작은 몸 꼭 안아도 봐
보라색 핏줄 도드라진 손이
기억보다 훨씬 더 차가워서
그저 아이같이
엄마, 엄마 소리만 나와
표정 잃은 주름진 굳은 얼굴
언제 웃어 보셨을까

그리움과 원망과 슬픔이
화석처럼 굳어버린
너무나 짧은 면회
매정하게 닫히는 문
10층 병실로 가는 숫자는
망설임이 없어
우두커니 서 있다
다시 내려온 텅 빈 엘리베이터
닫히려는 문안에
허둥지둥 발 들여 놓으니
미처 채비를 못 한 내 마음이
허위허위 뒤따라와

곧 자주 보게 될 거라는 말이
부디 허언이 되지 않기를
간절히 바라며
돌아선 내 그림자가
유난히 길어 더 서러웠던
어느 봄날 오후

빈집

주인 떠난 빈 뜨락에
우두커니 앉아 있는 녹슨 리어카
돌보는 이 없는 남새밭엔
하얀 깨꽃만 조롱조롱
낡은 고무통들이 장승처럼
빈 장독대를 지키는데
담장 위로 푸르게 돋은 지붕만
세월을 거스른 듯 선명하다

그 옛날 맑은 눈망울 깜박이며
뭍을 그리던 작은 소녀는
거대한 도시의 인공섬에서
무엇을 꿈꾸고 있을까
마음의 섬 어딘가에서
출렁이는 그리운 바다처럼
해무 속 유채꽃 물결이
빈집을 지킨다

내 친구는 농부다

내 친구는 농부다
내 새끼 입에 들어간다는 마음으로
농사를 짓는다는
세상에서 제일 콧대 높은 농부다

내 친구는 농부다
싱싱하고 알찬 작물 가득한
하우스 마트 사장으로
세상에서 제일 바지런한 농부다

내 친구는 농부다
있으니까 주지 없으면 주고 싶어도 못 준다며
조막조막 보따리 아낌없이 쥐여주는
세상에서 제일 손이 큰 농부다

나는 세상에서 제일 멋진 농부의
어여쁜 친구다
친구야 부르기만 해도
생각나는, 웃음이 날 것 같은…

어머니 옷장

요양원에 계시는 어머니
휠체어에 앉아만 계시는 어머니
어머니 옷장에서
옷을 정리한다
이젠 더 이상 입을 수 없는 옷
아직 뵐 수 있을 때 해야지
큰맘 먹고 손을 댄다
이 옷은 우리랑
나들이할 때 입으셨지
때깔 고운 이 옷은
생신 때 내가 사드린 옷
이것은 딱 우리 어머니 거네
충동구매한 옷…

그땐 그리 고왔건만

꾹꾹 눌린 섬유에서

세월의 먼지만

우수수 쏟아진다

몸에 슬쩍 걸쳐 보는데

입을 옷 하나 없다

차곡차곡 싼 보따리가 늘어난 수만큼

뭉텅뭉텅 잘리는 마음 조각

좋은 날 입으셨던 한복 한 벌

들었다 놨다 하다

다시 서랍장에 넣어놓고

텅 빈 옷장 닫는다

마음이 닫힌다, 쿵!

어수선한 꿈자리 뒤끝

계산 없이 선뜻 안을 수 있는
체온이 그리운 날이 있다
손끝만 닿아도
괜찮아지는
등만 슬쩍 기대고 있어도
온몸이 따스해지는,
그런 이가 있다는 것만으로
안심이 되는 날이 있다

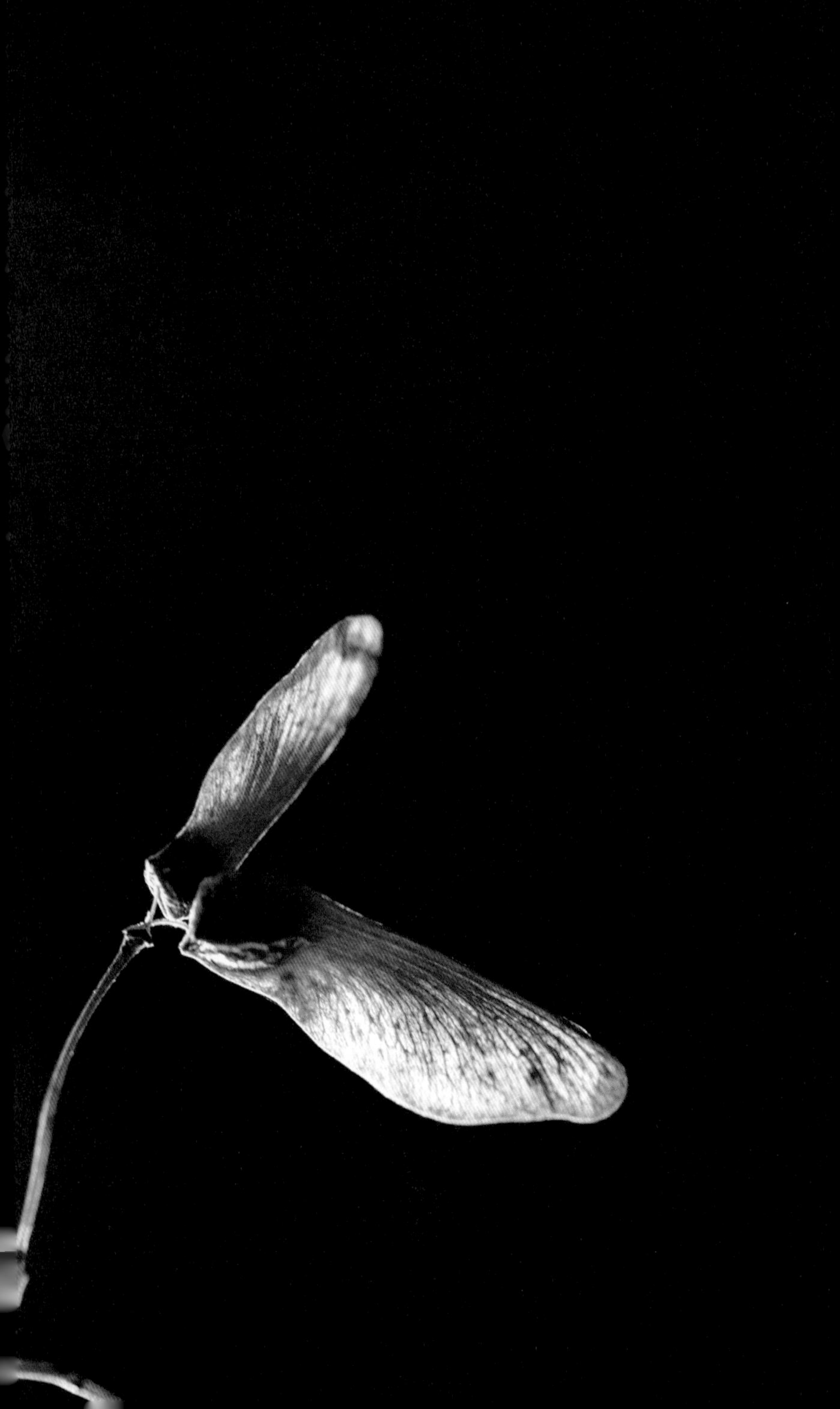

가을밤의 거리

휙휙 끊어 부는 바람이
박자를 맞추는 밤
좋은 사람과 눕는 거리가
점점 더 가까워지는 밤
돌아누워 있어도
온기 어린 바람이 불어와
등이 포근한
딱 그만큼의 거리
가을밤의 거리

살랑

싸늘한 바람에 몸을 싣고
속절없이 떠날 때조차도
저리 눈부신 꽃이불로
세상을 도닥이는 단풍처럼
지친 마음가지에 맺힌
눅눅한 사랑 보송보송 말려
내 님의 굳은 어깨 간질이는
눈꽃송이로 내리고 싶다, 살랑

사진첩을 정리하며

낡은 사진첩을 꺼내
사진을 정리한다
빛바래고 얼룩진 추억 위에
가라앉은 시간이 거꾸로 흐른다
이젠 사라진 옛집 마당
멋쟁이들만 입었다는
가죽점퍼를 입은 젊은 아버지가
환하게 웃고 있다
중학교 졸업식 날 교정
단발머리 어린 나와
뻗친 파마머리의 젊은 엄마가
어색한 표정으로 서 있다
아무리 들여다봐도
누군지 모르는 토막 난 기억 속
여자애와 팔짱 낀 나도
잘 마른 꽃잎처럼 웃고 있다

50년 전의 어린 나

40년 전의 풋풋한 나

30년 전의 젊은 나…

나도 이러했나 싶을 만큼

윤기 나고 싱그러운 모습이

참 눈부시다

점점 두껍게 늘어지는

삶의 무게에도

구김살 없이 웃을 수 있다는 건

얼마나 다행한 일인가

삶의 책갈피마다

환하게 새겨진 웃음이

내 나이 일흔에도 여든에도

변함이 없기를 바라는 한

나는 여전히 싱그러운

하얀 머리 소녀일 게다

나들이

햇살 매끄러운 봄날 오전
꽃들이 소풍 나와 재잘거린다
내 마음도 발 구르며
나가자고 성화다
이놈 저놈 눈치 보는 것도
하루 이틀이지, 그래 나가자
보온도시락에 유자차 한 통
비스킷 한 봉지에 사과 한 알
어여 가세 바삐 가세
차는 시속 내 마음은 광속

노란 산수유 아래 초록 보리싹
붉은 명자꽃 너머 새초롬한 자목련
흐드러진 홍매 뒤에 수줍은 복숭아꽃
살진 언덕 위에 하얀 꽃구름
연둣빛 골짜기 틈 분홍 꽃여울
이렇게 모여앉아 깔깔대기 있기 없기?
우와, 나 얼레지꽃 직접 보긴 처음이야
나의 호들갑에 그이가 코밑 쓱
봄꽃 구경 나들이엔 누구나
열일곱 소녀가 된다

하트 송송 피로 탁!

유난히 힘들었던 이번 일주일
휴일 아침 그이가 내려준
아메리카노 한 잔
세상의 어느 커피도
이보다 맛있지는 않을 거란다
하트를 듬뿍듬뿍 넣었다나

진짜 하트가 둥둥 떠다니네
부러 눈 동그랗게 뜨며
호로록 입에 넣었다
분명 쓴데 입안에 감도는
오, 이 미묘한 단맛
사르륵 풀리는 일주일 묵은 피로

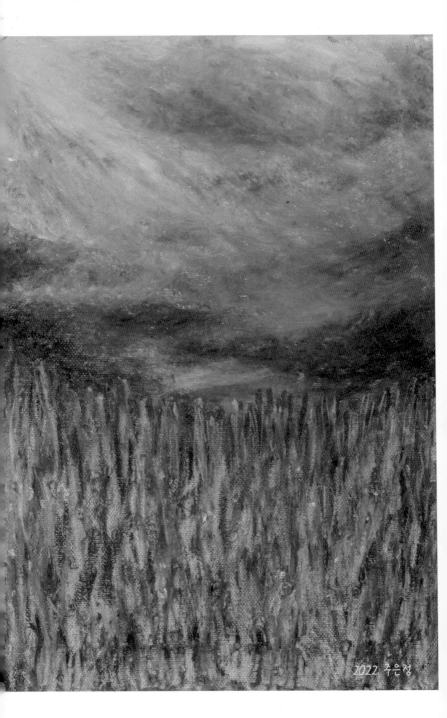

2022. 주은정

울타리

봄은 꽃씨가 깨어나
고개를 내미는 시간
꽃씨처럼 몸을 말고
고개 갸웃 가슴 콩콩
겨우내 쓸쓸했던
우리 울타리 안에도
꼬물꼬물 씨앗들이
예쁜 눈을 떴어요

꿈의 꽃을 피우기 위해
기지개를 켜는 이 시간
귀여운 연둣빛에
수많은 무지개가 깃들어지도록
여린 새싹들이
마음 놓고 자라도록
우리가 든든한
울타리가 될게요

포근한 햇살 미소로
맑은 물빛 눈길로
따사로운 사랑의 품 열어
꼬옥 안아 줄게요
귀요미들의
행복한 시작을 축하해요
세상에서 가장 행복한
꽃으로 피어나기를…

－입학을 축하하는 글－

영상을 보다가

휴일 오전
모처럼 마음을 늘이고 누워
예전에 다녀왔던
가족여행 영상들을 본다
오구오구 이쁘네, 우리 아들딸
어이 남편 씨, 나처럼 해봐요 요렇게—

추억들이 팝업북처럼
눈앞에서 벌떡벌떡 일어선다
영상 속에 핀 웃음꽃처럼
내 입술도 벙싯벙싯
마음은 온통
폭신폭신 솜사탕이다

훗날 언젠가
생의 끝자락에서
이 영상들을 품에 안고
오늘처럼 웃을 수 있다면
홀로 가는 그 길이
결코 외롭지 않을 것 같다

어느 날 문득

하늘을 보다
바다를 보다
차를 마시다
문득
미소와 함께
떠오르는 사람이 있다

맛있는 것을 먹다
젓가락을 멈추게 하고
좋은 일이 생겼을 때
먼저 알리고 싶어
손발을 꼼지락거리게 하는
그런 사람이 있다

생각하는 것만으로도
하루 일이 잘될 것 같은,
힘든 일이 생겨도
이겨낼 수 있을 것 같은,
마음의 둥우리가 되는
사람이 있다

그럼에도 불구하고
나보다 더 마음 아파할까 봐
슬프거나 궂은일을
한 박자 늦게 알리고 싶은 사람
그런 사람이 있기에 오늘도 나는
곧은 발걸음을 내딛는다

Epilogue

오늘도 나는

사십 년을 훌쩍 넘게
쉼 없이 달려온
외길 인생의 매듭이
눈앞에 보입니다
이제 곧 제3의 인생으로
들어서는 문이 열리겠지요

하고 싶은 일보다
해야 할 일에 쫓겨
고래가 참았던 숨을 길게 내쉬듯
어쩌다 삶의 틈새에서 찾던 달콤한 꿈도
이제 손에 잡힐 듯
가까이 다가와 손짓합니다

삶의 순간순간
연결 마디가 너무 짧아
숨 가쁘게 하루하루를
재단하면서도
후회가 적은 날이 많았다는 것에
나는 안도합니다

떠나는 뒷모습이
아름답기를 바라는 마음으로
오늘도 나는
쓸쓸한 빈 뜨락에
어린 사과나무 한 그루를
정성껏 심습니다.

꽃향기를 맡지도
열매를 보지도 못하겠지만
그게 무에 그리 중요할까요
먼 훗날 사과꽃 필 때
누군가 나를 기억해준다면
나는 참 행복할 겁니다

한 번에 하나씩
천천히 차근차근
나는 오늘도
시간의 매듭을 지으며
일의 끝자락을
정갈하게 닦습니다

별의 숨결을 모아

초판 1쇄   2023년 11월 22일

지은이   박선숙
사진   권정열
발행인   김재홍
교정/교열   김혜린
디자인   박효은
마케팅   이연실

발행처   도서출판지식공감
등록번호   제2019-000164호
주소   서울특별시 영등포구 경인로82길 3-4 센터플러스 1117호 (문래동1가)
전화   02-3141-2700
팩스   02-322-3089
홈페이지   www.bookdaum.com
이메일   jisikwon@naver.com

가격   15,000원
ISBN   979-11-5622-837-0 03810